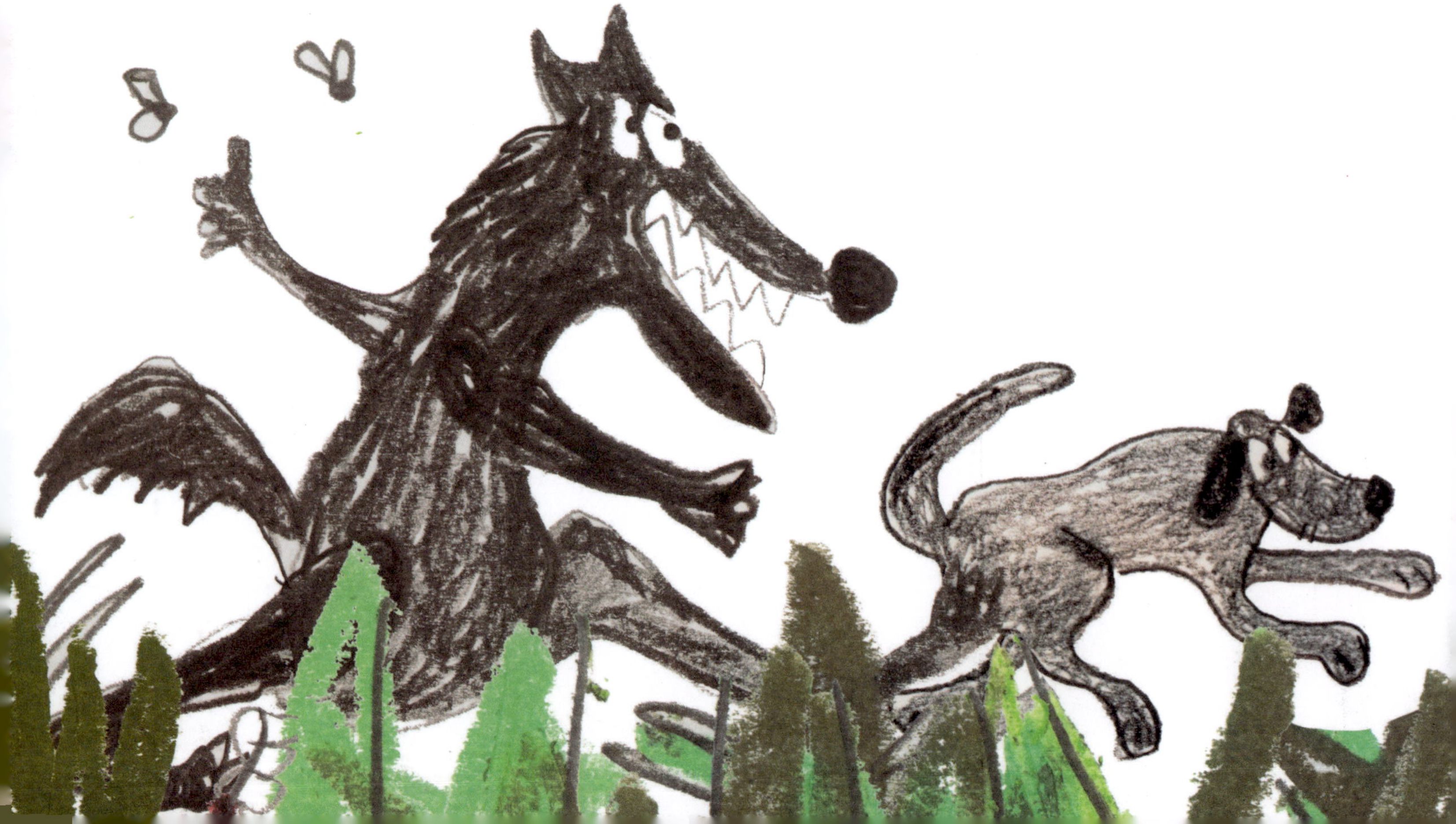

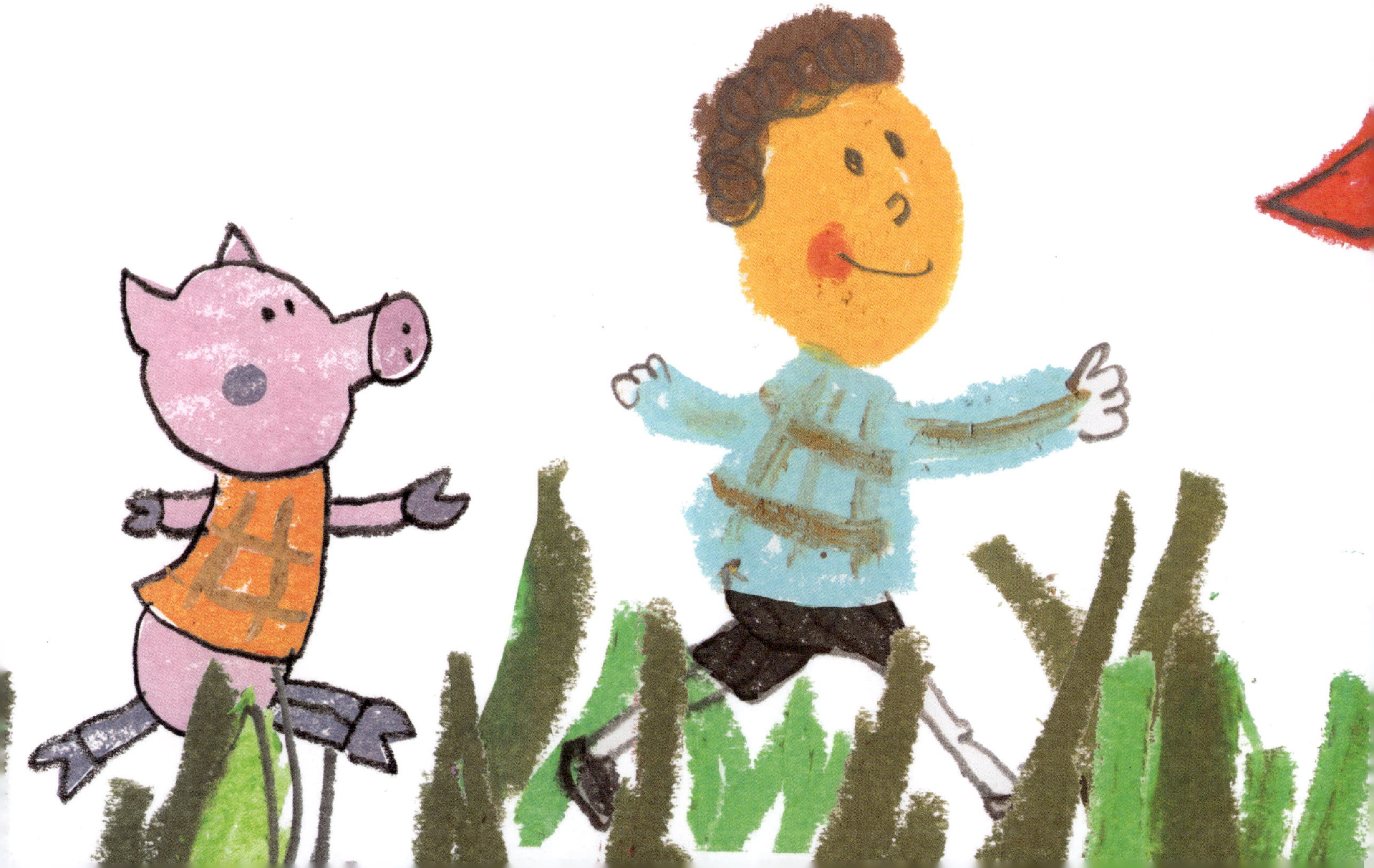

Para o Pedro, pelas muitas palavras dos *bicionários* que saboreamos juntos
e por todas as histórias que habitamos.
N.S.

Para o Daniel e para o Tomás.
R.B.

MEU PAI DEVERIA SER
Bromatólogo

wmf **martinsfontes**

As pessoas estão sempre dizendo como estou crescido.
Às vezes, até perguntam o que ando comendo.
A minha família responde logo:

histórias.

Era muitas vezes
PORCOS & LOBOS
O Coelho e a Formiga Uma história de amor
Chapeuzinho Verde
APARELHO DIGESTIVO DAS BALEIAS
VOL II

A minha mãe diz:
– O Frederico gosta muito
de histórias. Come todas elas!

O meu pai diz:
– O menino adora histórias.
Nem sei como consegue
digerir tantas.

A minha irmã, essa, até grita:
— Ele é maluco por histórias! É tanta comilança!

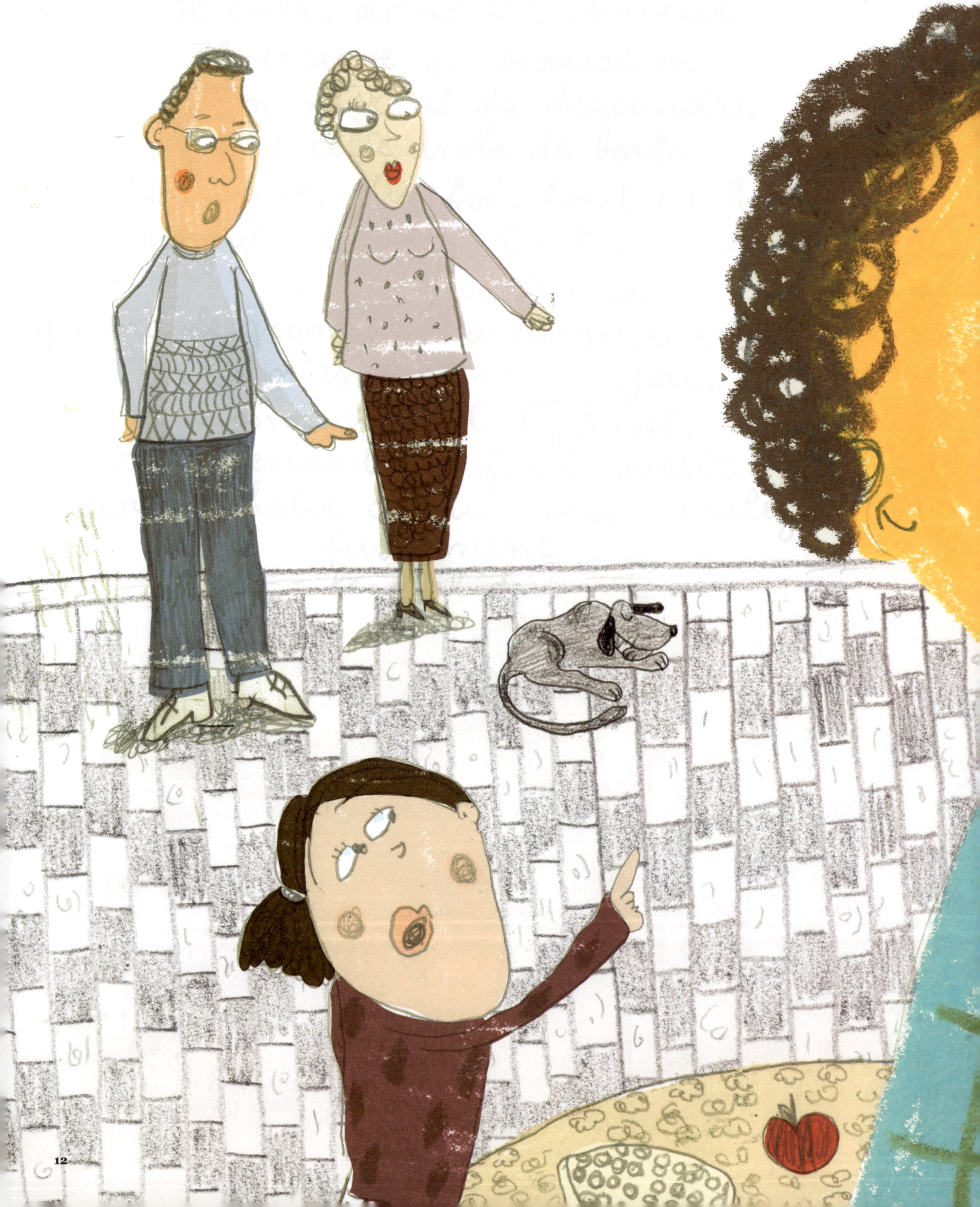

De tanto os ouvir, comecei a sentir crescer dentro de mim o desejo de prová-las.

Na primeira vez, provei só um bocadinho.
Era uma história de monstros, e tive medo de que eles começassem a passear aqui dentro.

MONSTRO É SEMPRE MONSTRO!

Mas não senti nada de estranho.

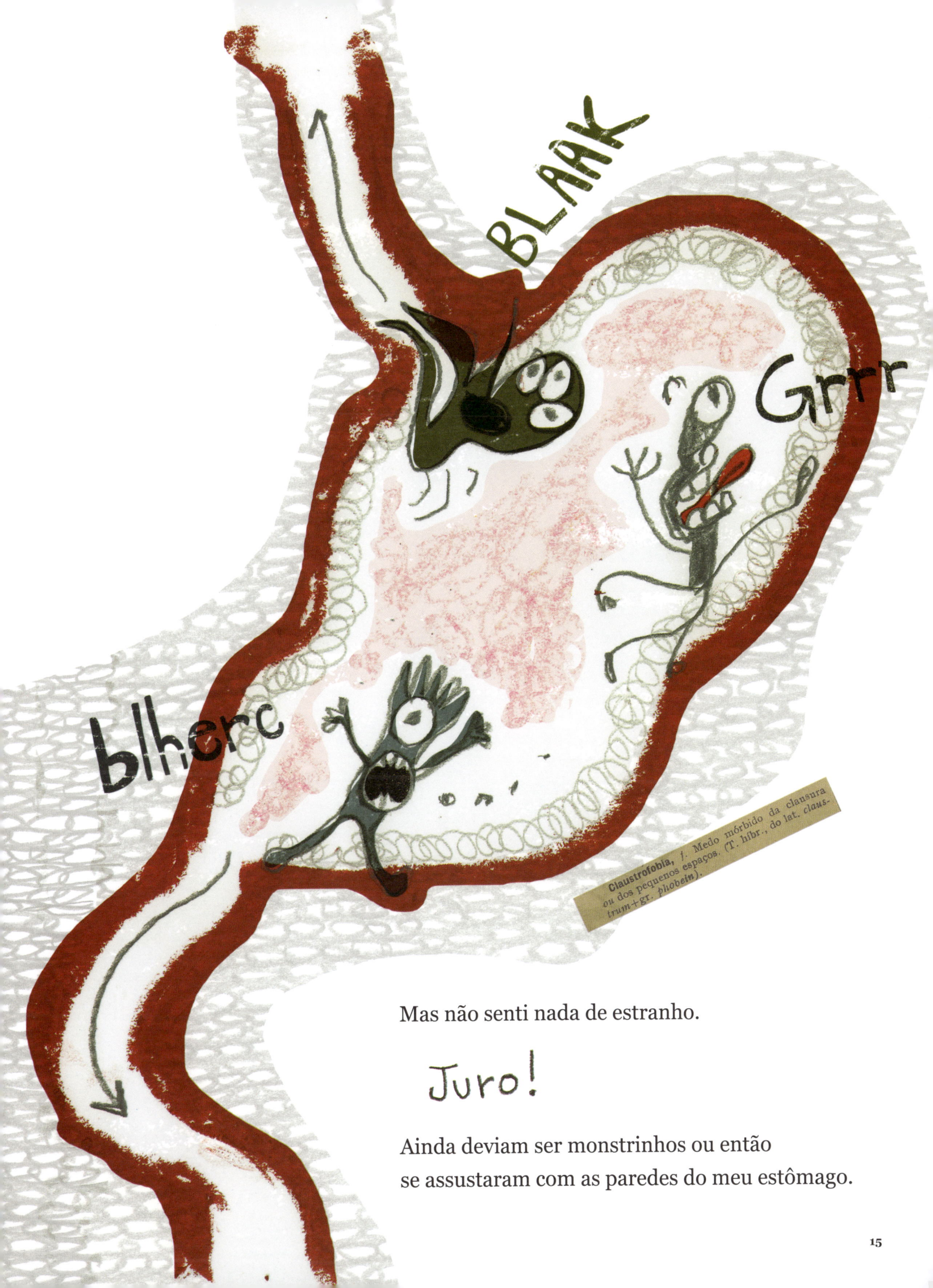

Juro!

Ainda deviam ser monstrinhos ou então se assustaram com as paredes do meu estômago.

Só não entendi por que é que a minha irmã desatou
a gritar quando chegou perto de mim.

Mas ela também passa a vida GRITANDO!

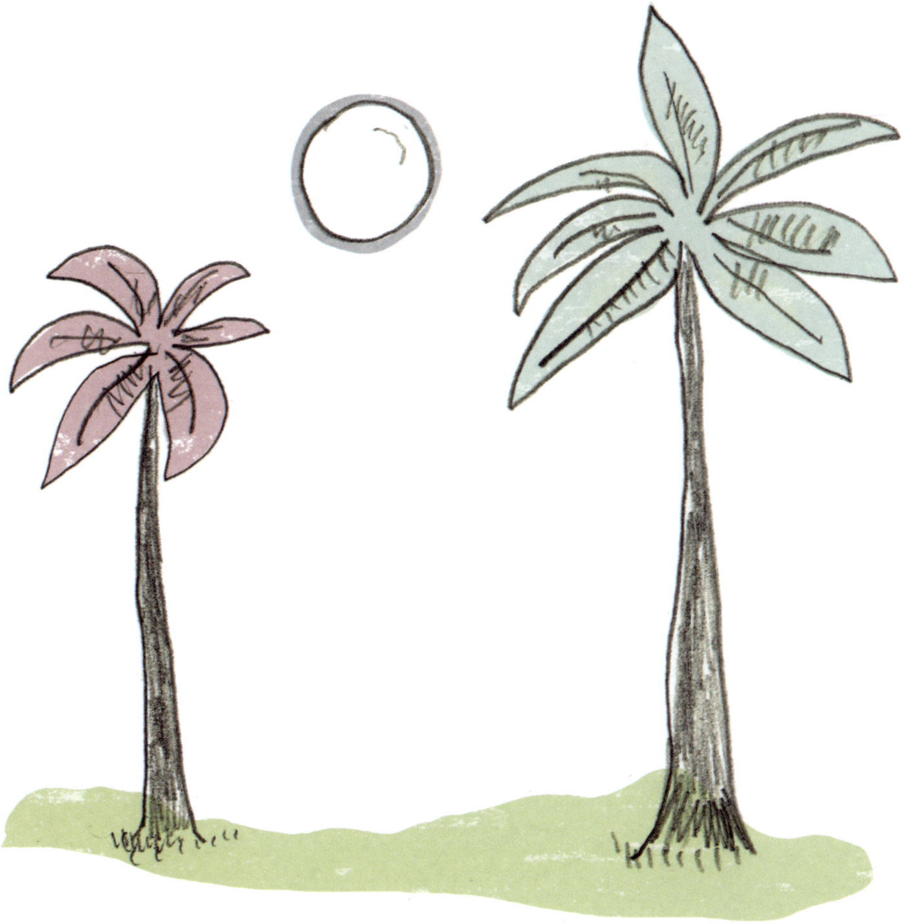

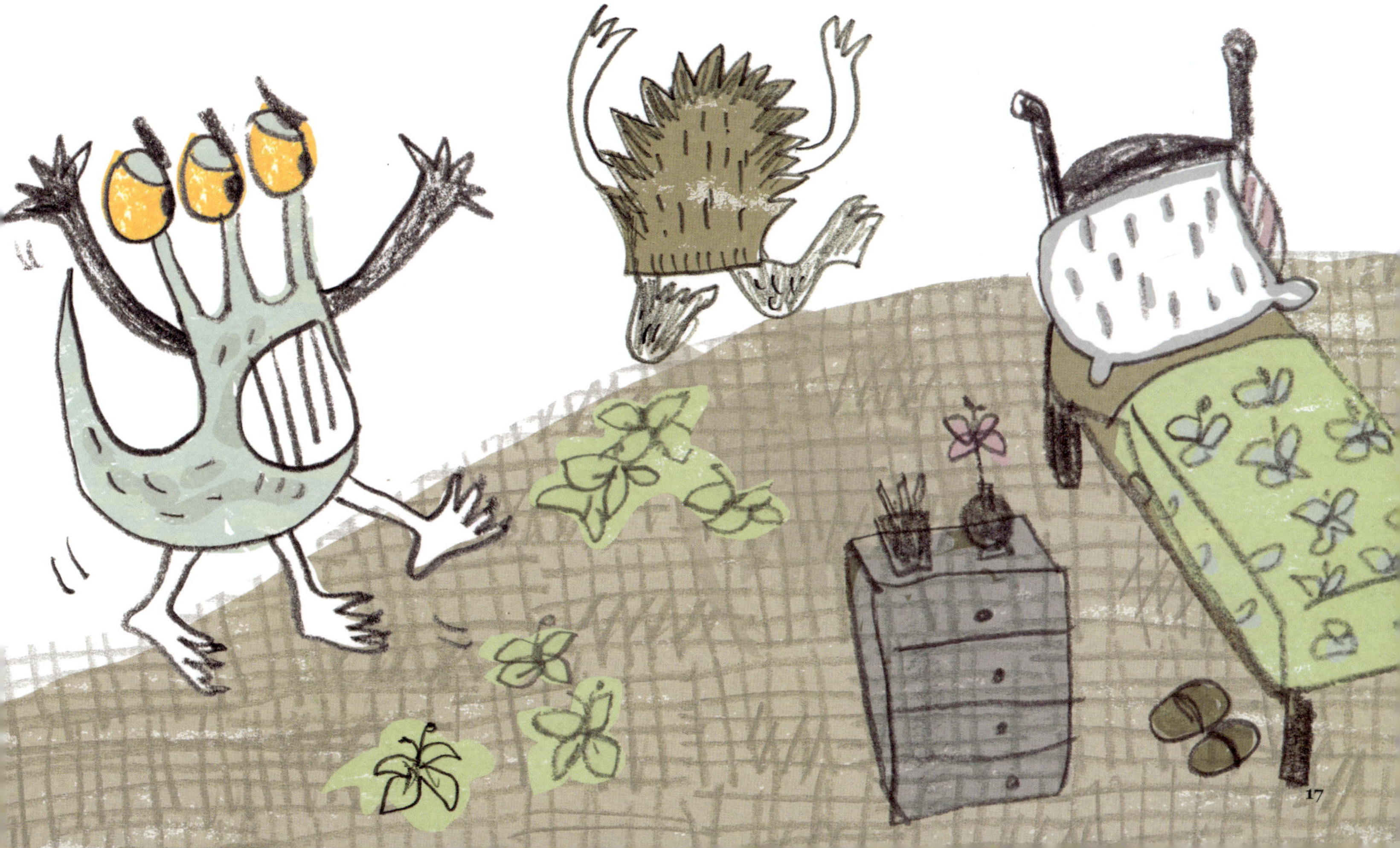

Na segunda vez, já fui um pouco mais ousado.
A história se passava na floresta e a
quantidade de coisas verdes que comi
me tornou meio vegetariano.

Para ser rigoroso, um pouco menos que meio.

1 Minha mãe está plantando uma horta na varanda.

Só mais tarde, quando provei algumas histórias tipo *O coelhinho branco* ou *Os três porquinhos*, é que deixei de comer carne.

2 Minha mãe anda preocupada. Diz que já não sabe o que inventar para o almoço e o jantar!

Quando me aventurei por esta história, juro que
fui cuidadoso. Mas, mal me dei conta disso, já a tinha engolido toda e
passeava cambaleando pela casa.
Nada de especial, se pensarmos que a história se passava no mar.

3. Minha mãe continua tentando explicar o fato de ter encontrado tantas escamas na minha cama.

Nem preciso dizer que me recuso a comer peixe.
Já sou um vegetariano completo.

4. Minha mãe está fazendo um curso de cozinha vegetariana. Acho o máximo sairmos os dois para a escola de manhã!

Às vezes, me acontecem coisas estranhas.
Como naquele dia em que comi uma história de bruxas in-tei-ri-nha.
A história ainda não devia estar pronta porque as bruxas não tinham vassouras.
Como tenho coração mole (é o que diz a minha avó), decidi emprestar a elas todas as que encontrei aqui em casa.

A-bra-ca-da-bra! Eram mesmo bruxas, não devolveram as vassouras!

5. Desde então, minha mãe começou a falar espanhol e vive dizendo: ¡Que las hay, las hay!

A minha família tem razão: eu adoro histórias!
E não sou exigente, provo qualquer uma.

Mas nem sempre corre tudo bem…
Ainda me lembro da confusão em que me meti quando devorei a história do rapaz que encolheu, o Teodoro.
Ficamos tão amigos que também comecei a encolher.

6. Minha mãe sempre diz que devemos ser solidários com os outros, sobretudo com os amigos!

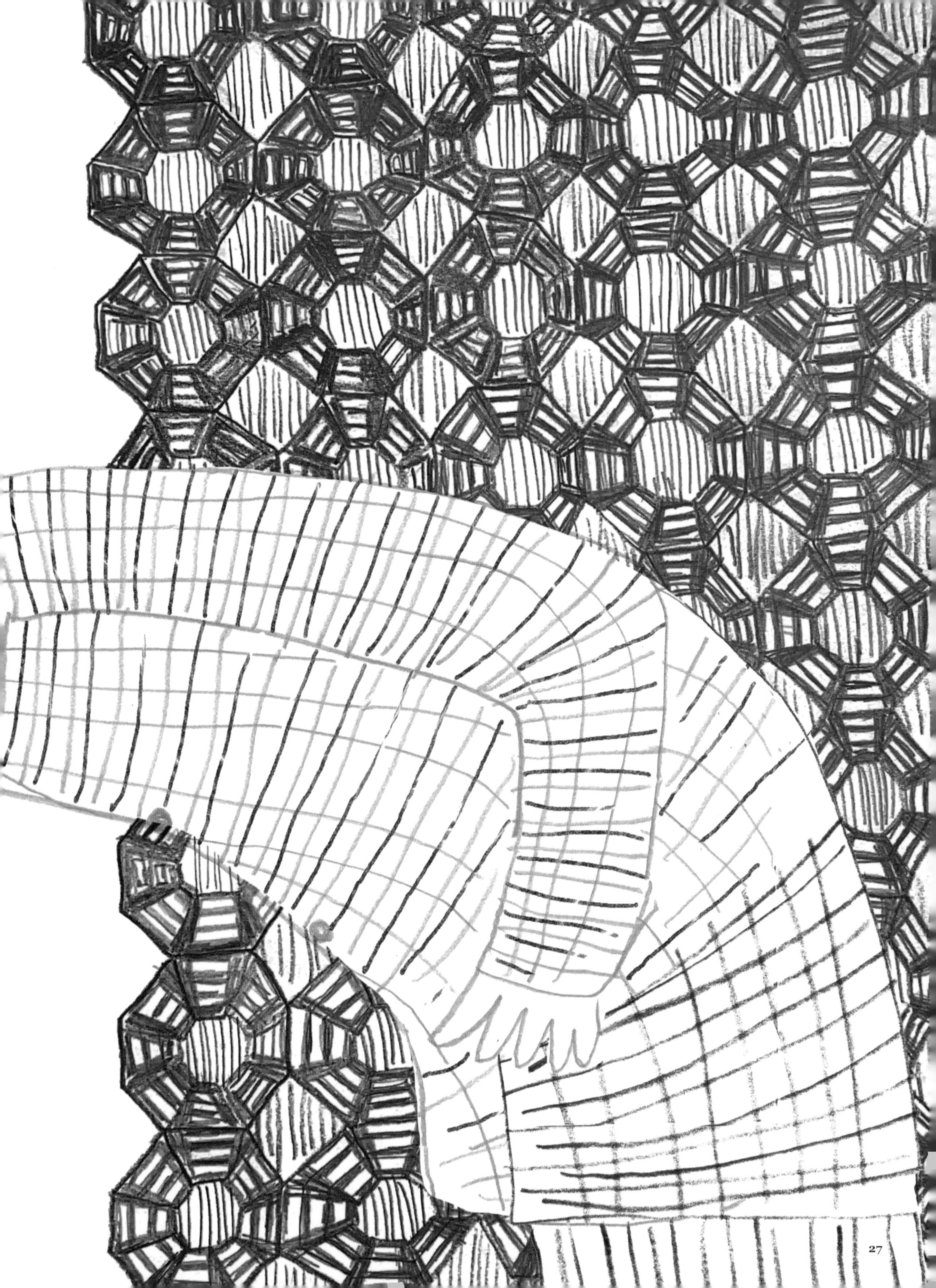

Se não fosse a minha irmã, estou convencido de que ninguém teria notado.
Mas, claro, ela contou logo às amigas. É mesmo uma língua de trapo!
(É do que a minha avó chama as pessoas que não sabem guardar segredos.)

LINGOTEIRA, *s. f.* (fr. *lingotière*). Molde, no qual se formam em lingotes os metaes em fusão.

LÍNGUA, *s. f.* (lat. *lingua*). *Anat.* Corpo carnudo, alongado, movel, situado dentro da boca, servindo para a deglutição e a fala e que é o principal orgão do sentido do gôsto. Idioma de uma nação: *a lingua portuguesa.* (As línguas dividem-se em três grupos: *linguas monosyllabicas, linguas agglutinantes, línguas de flexão ou flexionaes.*) Regras da linguagem de uma nação: *conhecer bem a lingua.* Modo particular de se exprimir: *a lingua dos poetas.* Systema de signaes apropriados a uma notação: *a lingua da música.* Linguagem, fala. *Zool.* A trompa dos insectos lepidópteros. *Lingua mãi*, diz-se de uma língua considerada em relação ás que della derivaram: *o latim é a lingua mãi do português. Lingua materna*, a do país em que se nasceu. *Lingua viva*, que se fala hoje em dia. *Lingua morta*, que já se não fala, como o grego e o latim. *Lingua viperina, má lingua*, pessoa maldizente. *Lingua de trapos*, trapalhão no falar. *Lingua de gato*, escopro, buril, para gravar em madeira; espécie de biscoito. *Lingua de terra*, península comprida e estreita. *Dar á lingua*, palrar, falar muito. *Dar com a lingua nos dentes*, v. DENTE. *Sôlto de lingua*, linguareiro, indiscreto. *Ter (palavra ou phrase) debaixo da lingua*, diz-se de palavra ou phrase, que se sabe, mas que não occorre em dado momento. *Saber alguma coisa na ponta da lingua*, sabê-la a fundo. *Puxar pela lingua a alguem*, levá-lo disfarçadamente a falar daquillo que se deseja saber. *Bot.* Entra na composição do nome de grande número de plantas, como: *lingua de cão, lingua de vacca, lingua cervina*, etc. *S. m.* Intérprete, turgimão.

LINGUADO, *s. m.* (de *lingua*). *Zool.* Género de peixes chatos, ovaes, que vivem nos arenosos do mar, e que são muito procurados por causa do sabor delicado da sua carne: *o linguado chega a ter 60 centimetros de comprimento. Pop.* Lingua grande. Cada uma das tiras de papel, em que de ordinário se escreve o que se destina á imprensa. Lâmina, barra: *linguados de chumbo. Gír.* Letra commercial. Bôlsa de dinheiro.

LINGUAGEM, *s. f.* (de *lingua*). Emprêgo da palavra para exprimir o pensamento articulada é própria do homem. Qualquer meio de communicar o pensamento ou de exprimir o sentimento: *há varias espécies de linguagem: a linguagem falada, escrita, e por signaes ou mímica*). Maneira de falar, idioma: *a linguagem dos Chins.* Estilo: *linguagem florida.* Maneira de se exprimir, segundo o estado, a profissão: *linguagem da côrte, das ruas.* Voz, grito, canto dos animaes. *Pl.* As conjugações dos verbos.

LINGUAL, *adj.* Relativo á lingua.

LINGUARADA, *s. f.* Palavrão indecoroso ou atrevido. Linguagem petulante e chula.

LINGUARAZ, *s. m. e adj.* (de *lingua*). Linguareiro, maldizente.

LINGUAREIRO, *s. m. e adj.* (de *lingua*). Falador. Chocalheiro.

Língua-de-mulata, *s. f. Zool.* Peixe marítimo das águas brasileiras, da família dos Cinoglóssidas.

Língua-de-mulato, *s. f. T. do Maranhão.* Fatia torrada de pão doce.

Língua-de-teju, *s. f. Bot.* Planta brasileira da família das Borragináceas. || Outra planta da família das Flacurtiáceas. || *Obs.* Pl.: *linguas-de-teju.*

Língua-de-trapos, *s. 2 gén.* Criança que ainda no sabe falar. || Pessoa que fala confusamente, que mistura e atrapalha tudo o que diz. || *Obs.* Pl.: *linguas-de-trapos.*

Língua-de-tucano, *s. f. Bot.* Planta brasileira da família das Umbelíferas || *Obs.* Pl.: *linguas-de-tucano.*

Língua-de-vaca, *s. f. Bot.* Planta brasileira da família das Compostas. || *Obs* Pl.: *linguas-de-vaca.*

LÍNGUA-DE-GALINHA

Língua-de-galinha, *f. Bras.* Espécie de anileira.

Língua-de-mulato, *f. T. do Maranhão.* Fatia torrada de pão doce.

Língua-de-onça, *f.* Pequena e mimosa planta africana, de folhas cordiformes, e flores miúdas, em corimbos.

Língua-de-ovelha, *f.* Variedade de festuca que se dá em terrenos pobres, mas estrumados enquanto as outras variedades só se dão nos lameiros. Variedade de *orelha-de-lebre* (*Plantago lagopus lusitanica*). Cf. P. Coutinho, *Flora*. O mesmo que *tanchagem.* Cf. Aug. de Vasc., *Dicion. das Plantas.*

Língua-de-ofio, *f.* O mesmo que *ofio*

Língua-de-...tina, *f.* Planta da serra de Sintra.

Língua-de-..., *f.* Peixe de Portugal (*Synaptura lusca*), o mesmo que *azevia.* Bras. Planta portulácea, também conhecida por ma... Planta borragínea, o mesmo que ... Cf. P. Coutinho, *Flora*, 592. Nome d... as diversas plantas.

Língua-de-boi, *f.* O mesmo que *ajuga.* O mesmo que *erva-férrea.* Cf. Aug. de Vasconc. *Dicion. das Plantas.*

* **Língua-de-cão**, *f.* O mesmo que *cin...* Cf. Aug. de Vasconc., *Dicion. das Pla...*

Meu pai ficou tão preocupado que foi logo à farmácia, e eu tive de tomar não UM, mas DOIS enormes frascos de vitaminas!

7. Minha mãe passou dois dias subindo as bainhas das minhas calças.

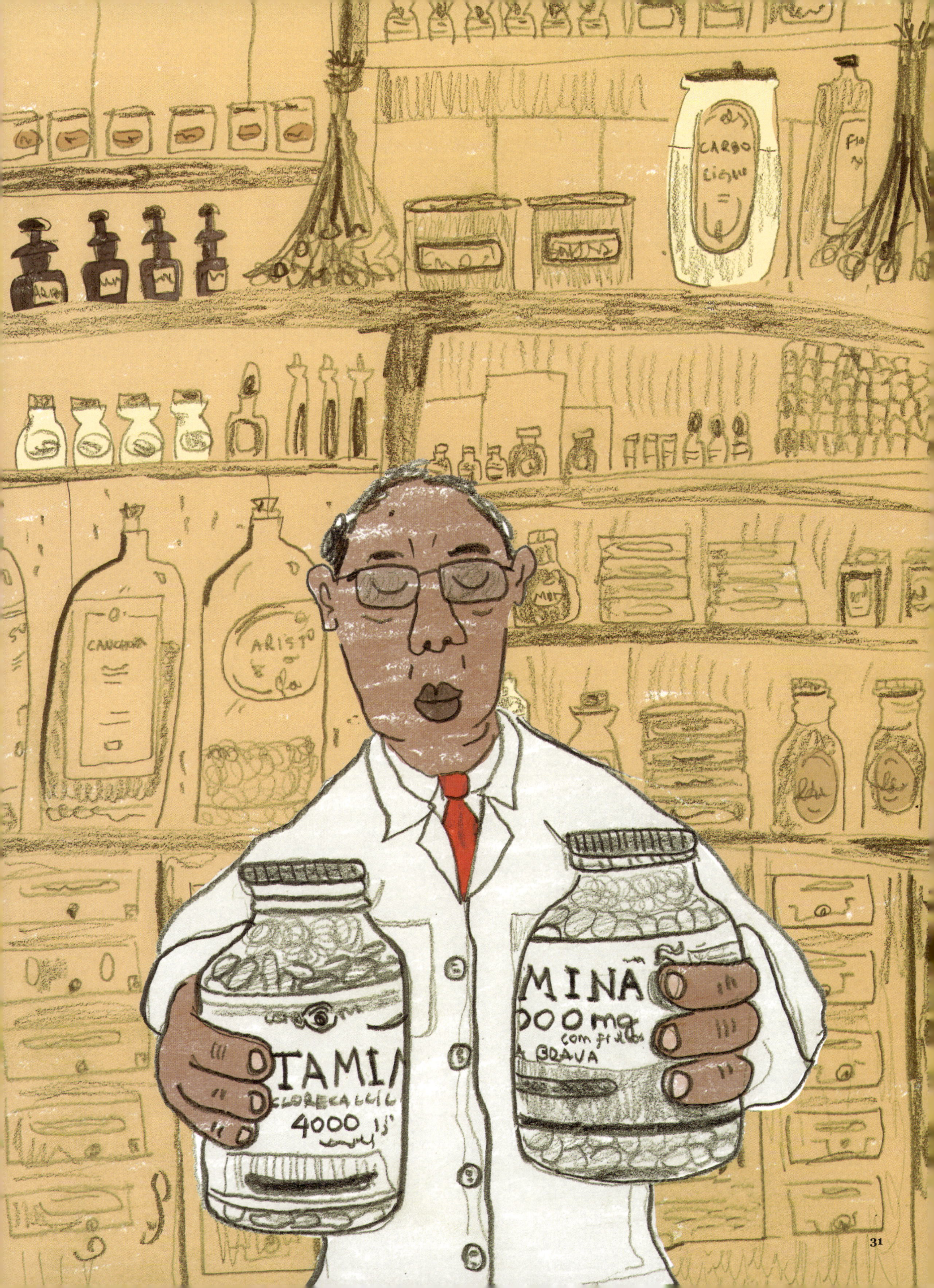
CARBO
ARISTO
4000
MINÃ
A BRAVA

Mas, algum tempo depois, a minha família decidiu que as coisas não podiam ficar assim. Eu tinha mesmo de ir ao médico!
Tudo isso porque, durante o jantar, o meu pai se pôs a falar das propriedades dos brócolis e eu disse que ele devia mudar de profissão e se tornar bromatólogo.

Brócolis, *m. pl.* Planta hortense, espécie de couve. (It. *broccoli*).

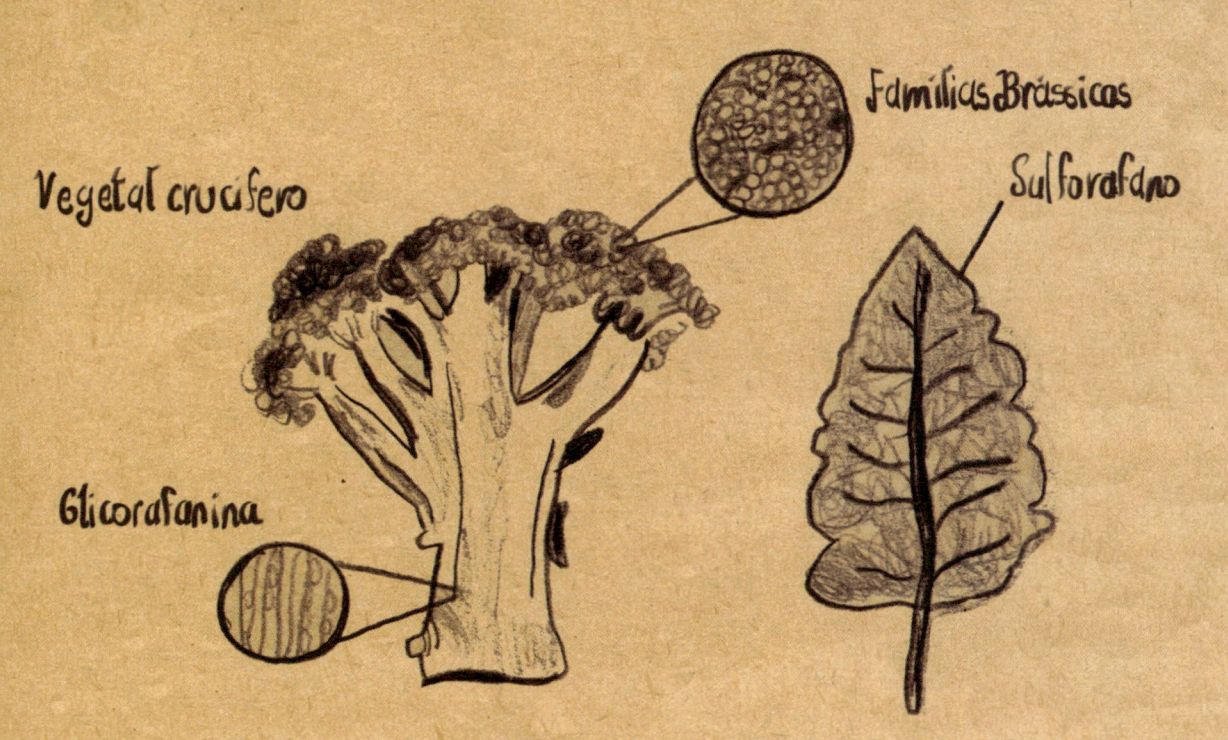

Tratado sobre brócolis

Vegetal crucífero

Famílias Brássicas

Sulforafano

Glicorafanina

– Bromaquê? – gritou logo a minha irmã.
Como ela me irritou muito, disse-lhe que era uma grandessíssima briozoária, que vivia pondo brometo em tudo e que tinha acabado de estragar o que poderia ter sido um magnífico bródio!

Brometo

Bródio

Briozoária

Britóleo, m. Farm. Medicamento que tem por excipiente a cerveja.

***Brivana,** f. Bras. do N. O mesmo que *égua*.

Brives, m. pl. Náut. Cabos com que se recolhem as velas.

***Brívia,** f. Forma popular de *bíblia*. Cf. Gaspar Correia, *Lendas*, I, 656.

Briza, f. Género de plantas gramíneas. (Do gr. *briza*).

Brizomancia, f. Arte de adivinhar pelos sonhos.

Brizomante, m. e f. Aquele aquela que pratica a Brizomancia.

Brizómano, m. O mesmo que *brizomante*.

Broa, f. Pão que se faz com farinha de milho, de centeio, de mistura, de farinha de coco uricuri ou de imbu. Bras. Bolo de mesma farinha, com mel, azeite, etc., mormente pelo Natal. Bras. Pequena broa, carregando a figura de festa pelo Natal. (Cp. al. *broa*).

Broaba, f. O mesmo que *abóbora*.

Broca[1] (brô), f. Ela. Instrumento com que se abrem furos circulares, fazendo-o girar por meio de arco, berbequim, etc., para o efectivo Eixo de fechadura. Barra de ferro, com que se abrem nas pedreiras os orifícios que, cheios de matéria explosiva, determinam o corte das mesmas pedras; boca do canhão. Bras. Espécie de carocho que se cria no café em grão. Veterin. Espécie de raquitismo das plantas. Bras. da Gente. A que nasce no casco do cavalo. Bras. Lagarta, que vive entre árvores opulentas. Bras. Buraco feito pelo instrumento chamado *broca*. Cf. M. Soares, *Dicion. Bras.* Espécie de lagarto. Bras. do N. Acto de derrubar arbustos ou mato, preparando terreno para a roça; brocagem. Bras. Fam. Fome. (Do lat. *brochus*).

Broca[2] (brô), f. Prov. trasm. Ferroada de um pião noutro ou no sobrado. (Alter. fonética de *broca*[1]?).

Broça, f. Prov. trasm. Comida de porcos, feita de batatas, abóboras e farelo. Ext. Porcaria espessa. Gír. Dinheiro. (Cast. *broza*).

Briozoários, m. pl. Moluscos pequeníssimos, que vivem na água. (Do gr. *bruon+zoarion*).

Bródio, m. Comezaina. Refeição alegre; patuscada. Ant. Caldo que se dava aos pobres.

Bromatologia, f. Descrição dos alimentos.

Bromatólogo, m. Aquele que é versado em bromatologia.

Brometo (mê), m. Combinação do bromo com outro corpo simples.

Bromo, m. Metalóide líquido, avermelhado e venenoso. (Gr. *bromos*).

Brocatelo, m. cores. (Cp. br

Brocha[1] (b. larga e chata. cho: «caixa três brochas». c. 62. Chaveta carro. Corda boi. Cinta com Chul. Falta d um bracha. T pértigo ao Esgar à broche ros, ver-se em

Brocha[2] (br que dinheiro.

Brochadeira, (De brochar[2]

Brochado, a estando encad e capa de pap

Brochadoiro, bela do boi.

Brochador,

Brochagem,

Brochão, m.

das dos carr

Brochar[1], v. as solas dos mesmo que a

Brochar[2], v. depois de dob em seguida u

Brochar[3], v. ou estrondo. cho).

Brochasa, f. cha preciosa.

Broche, m. que as mulher to, ou que usa rior da gola d

Brocho (brô para apertar que aperta, o Prego curto

RESULTADO:

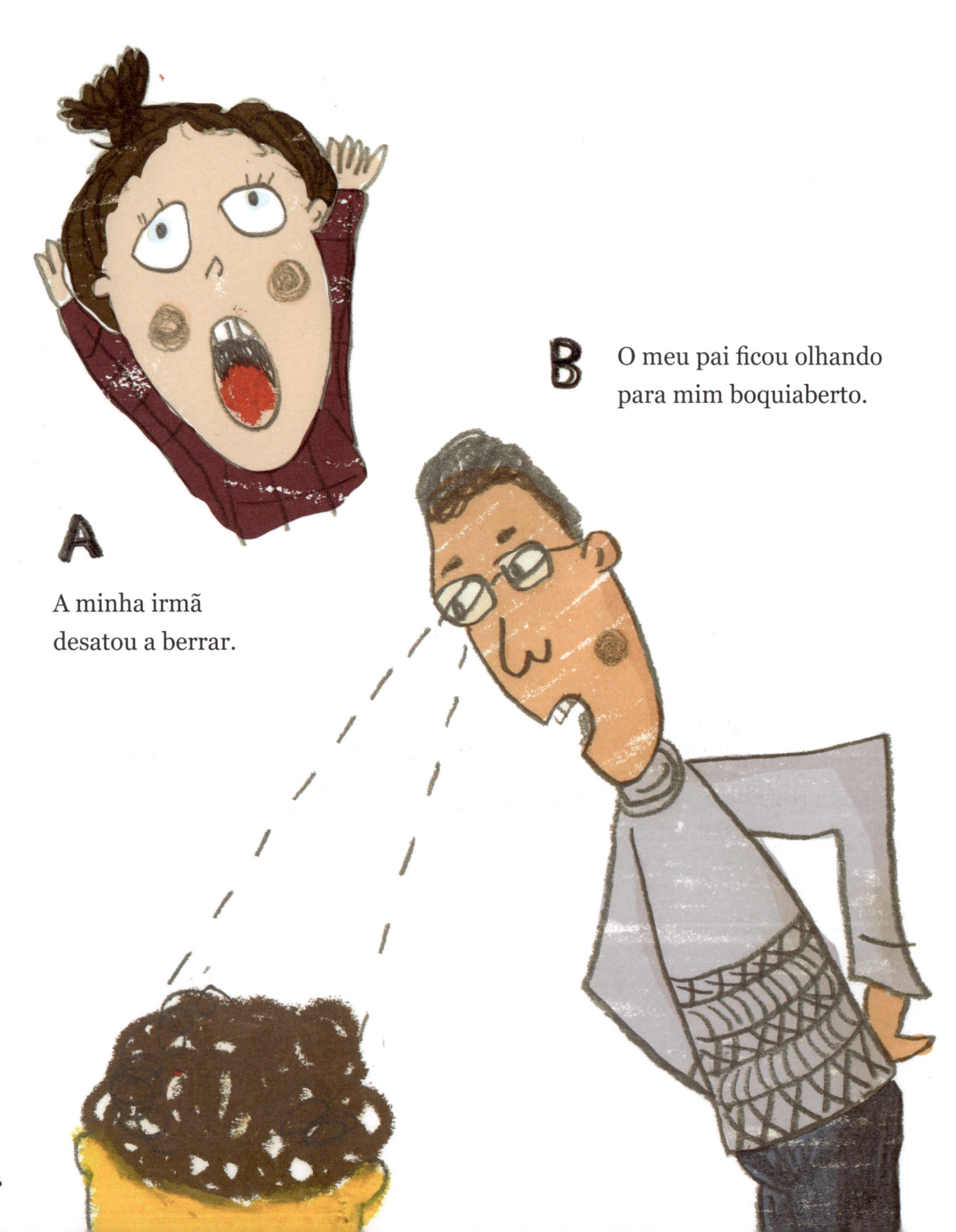

A A minha irmã desatou a berrar.

B O meu pai ficou olhando para mim boquiaberto.

Explicação por sinal

+1m .... 10x .... 16ª carreira
+1m 15ª
+1m 14ª
+1m 13ª
+1m ....
+1m ....
+1m ....
+1m 9ª
+1m 8ª
+1m 7ª
+1m 6ª
+1m ....
+1m ....
+1m ....
+1m ....

E a minha mãe
se pôs a consultar
o bicionário (esta não
me soou nada bem...).

Nas próximas histórias com dicionários,
tenho de me lembrar de reduzir as doses!

Desculpem...

Não posso falar mais....

Andam todos à minha procura...

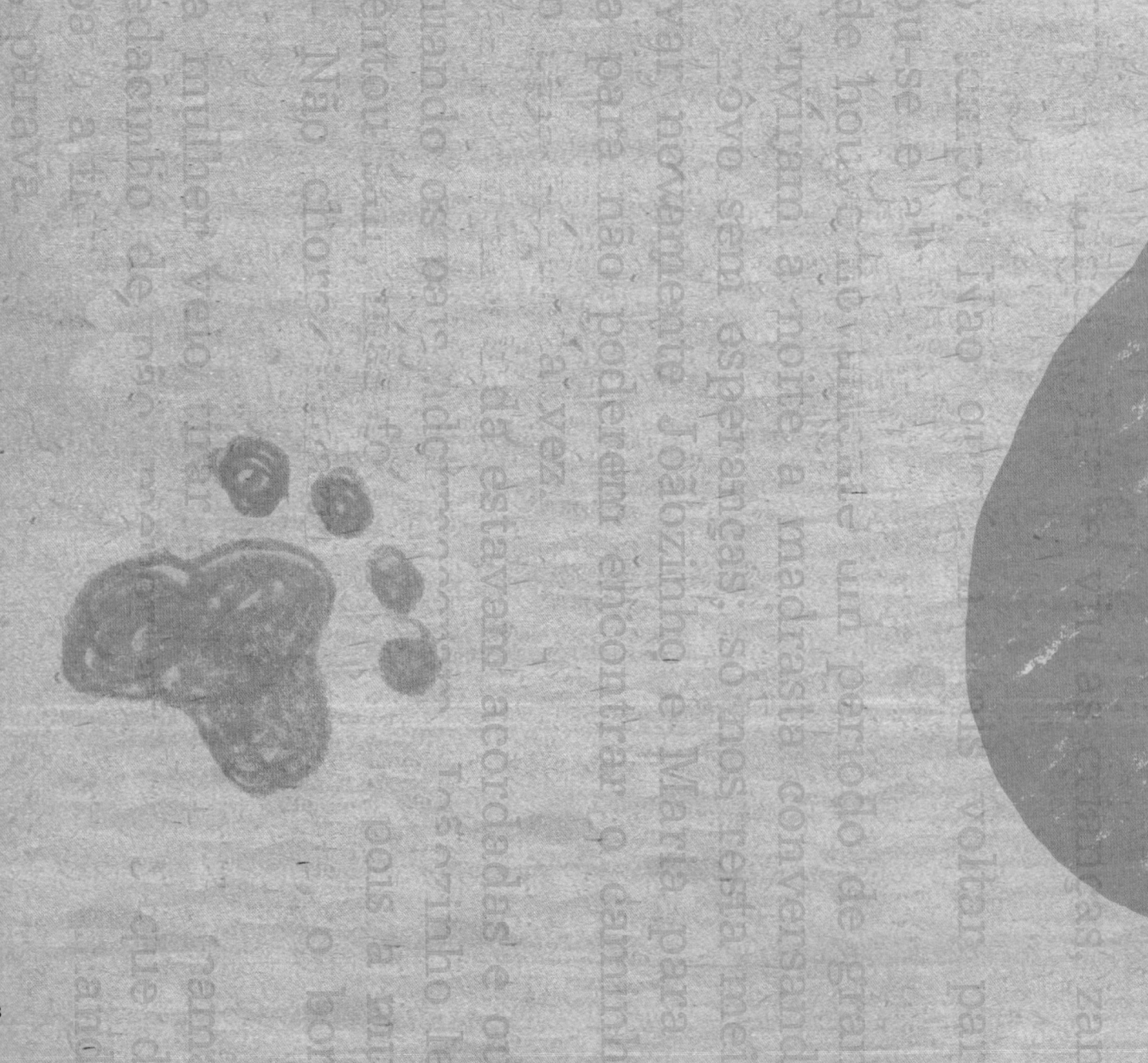

Acho que eu não devia ter provado aquela *história* logo pela manhã...

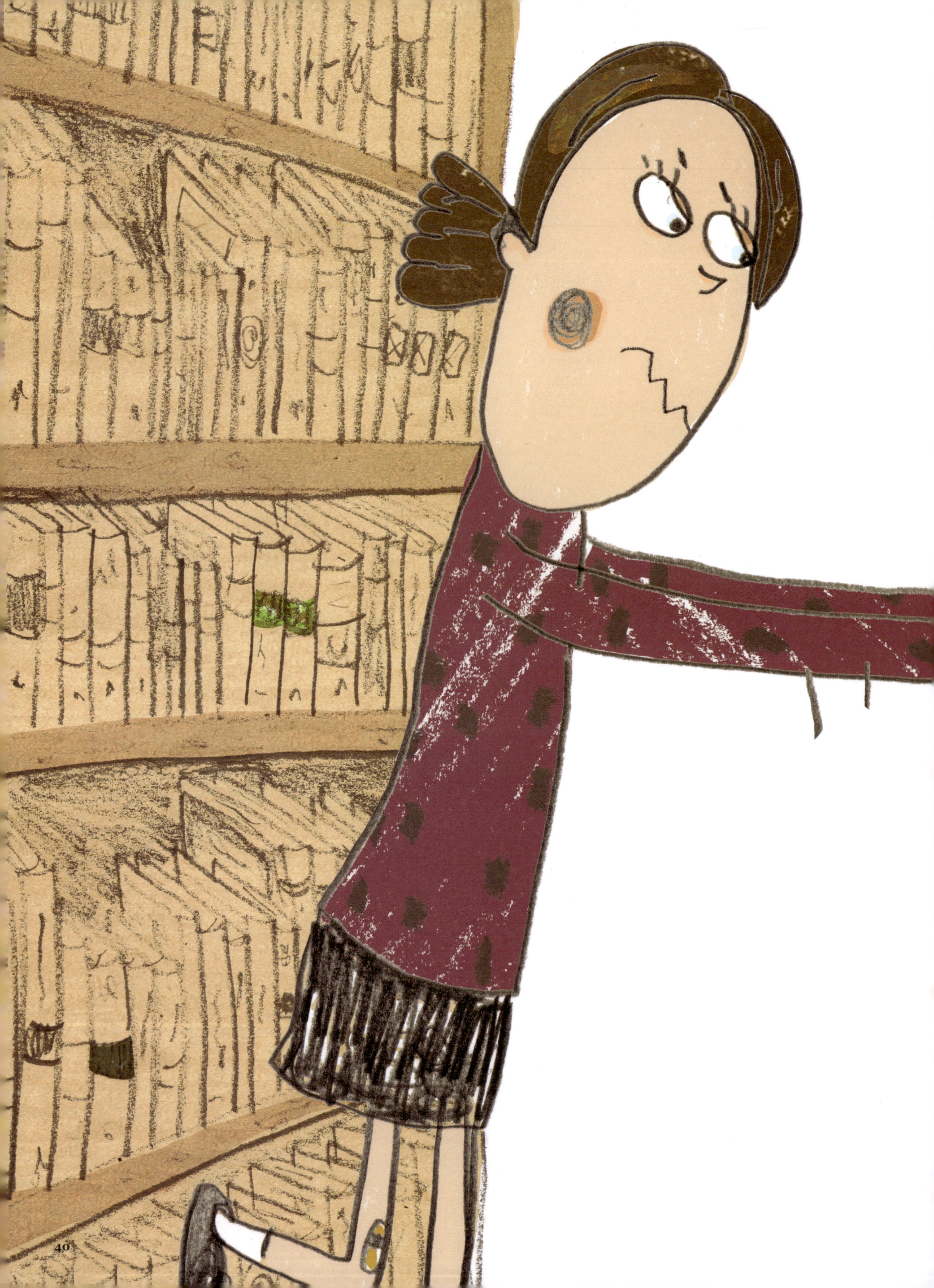

Às vezes, adoro a minha irmã.

Bom, muitas vezes...

Quase sempre...

SEMPRE!

1

2

3

42

4

5

6

7

43

Esta obra foi publicada originalmente em Portugal com o título
O MEU PAI DEVIA SER BROMATÓLOGO por Hipopómatos Edições
©2022, Hipopómatos Edições
© Nazaré de Sousa, para os textos
© Renata Bueno, para as ilustrações
© 2023, Editora WMF Martins Fontes, São Paulo, para a presente edição.

Todos os direitos reservados. Este livro não pode ser reproduzido, no todo ou em parte, armazenado em sistemas eletrônicos recuperáveis nem transmitido por nenhuma forma ou meio eletrônico, mecânico ou outros, sem a prévia autorização por escrito do editor.

1ª edição 2023

Adaptação para o português do Brasil
Ana Alvares

Acompanhamento editorial
Helena Guimarães Bittencourt

Revisões
Diogo Medeiros
Celina Falcão

Produção gráfica
Geraldo Alves

Edição de arte
Gisleine Scandiuzzi

Impressão e acabamento
PlenaPrint

Dados Internacionais de Catalogação na Publicação (CIP)
(Câmara Brasileira do Livro, SP, Brasil)

Sousa, Nazaré de
    Meu pai deveria ser bromatólogo / Nazaré de Sousa ; adaptação para o português do Brasil Ana Alvares ; ilustrações Renata Bueno. -- São Paulo : Editora WMF Martins Fontes, 2023.

ISBN 978-85-469-0474-7 (brochura)
ISBN 978-85-469-0476-1 (capa dura)

1. Família - Literatura infantojuvenil I. Alvares, Ana. II. Bueno, Renata. III. Título.

23-159694
23-161612   CDD-028.5

Índices para catálogo sistemático:
1. Família : Literatura infantil 028.5
2. Família : Literatura infantojuvenil 028.5

Eliane de Freitas Leite - Bibliotecária - CRB 8/8415

Todos os direitos desta edição reservados à
Editora WMF Martins Fontes Ltda.
Rua Prof. Laerte Ramos de Carvalho, 133 01325-030 São Paulo SP Brasil
Tel. (11) 3293-8150 e-mail: info@wmfmartinsfontes.com.br
http://www.wmfmartinsfontes.com.br

RENATA BUENO (São Paulo, Brasil)

Sou artista e tenho muitos livros publicados no Brasil e em outros países. Cada um é sempre um novo desafio e uma grande alegria também. *Meu pai deveria ser bromatólogo* nasceu aqui em Portugal, onde eu vivo, e depois viajou para o Brasil.

Ilustrar a história do Frederico e tantas histórias que ele vai engolindo foi uma aventura que percorreu páginas e páginas. Até um dicionário antigo português entrou na dança e foi parar no meio das imagens. Fique atento e não se assuste com as diferenças ortográficas! Aqui em Portugal eles comem brócolos e não brócolis, sabia?

NAZARÉ DE SOUSA (Beja, Portugal)

Licenciada em Direito e Pós-Graduada em livro infantil, um dia decidi que era dentro dos livros que queria morar. Com eles aprendi a ser uma brincadora de palavras. Sou autora do blogue *Hipopómatos na Lua* e fundadora da *Casa dos Hipopómatos*, em Sintra. Livreira, mediadora de leitura, curadora, programadora cultural… viajo todos os dias através do único meio capaz de nos levar a qualquer lado: o Livro. Meu sonho? Levar todo mundo junto!

A história do nosso Bromatólogo nasceu num dia em que eu e o meu filho decidimos saborear as páginas da letra B de um antigo dicionário. E foi bem gostoso!